LES CENT JOURS,

ODE

COMPOSÉE EN 1815.

LES CENT JOURS,

ODE

COMPOSÉE EN 1815,

Par le Comte de Champfeu.

A PARIS,

DE L'IMPRIMERIE ANTHELME BOUCHER,
RUE DES BONS-ENFANS, N°. 34.

1825.

LES CENT JOURS,

ODE

COMPOSÉE EN 1815.

Après tant de malheurs, ô ma chère Patrie !
A peine quelques jours ont embelli ton sort,
Et, d'un ciel attristé, la lumière obscurcie
    N'annonce que la mort.

Une pâle lueur, sinistre météore,
Balance sur les eaux sa livide clarté.....
Le céleste courroux vient-il frapper encore
    Le monde ensanglanté !

Tout-à-coup, ô terreur! ô funestes présages!
De l'abîme des mers les gouffres ignorés
Repoussent, en grondant, sur nos tristes rivages,
    Leurs flots déshonorés.

De quel monstre, grand Dieu! la mer, dans sa furie,
Semble, en le vomissant, mugir l'horrible nom?
Aux malheureux Français, l'écho de la patrie
    Redit: Napoléon.

Pouvait-il demeurer fidèle à cet asile
Que les Rois, au tyran, avaient abandonné?
A faire des heureux chez un peuple tranquille,
    Il était condamné.

Déjà, de toutes parts, paraît la foule immonde
Des bandits affamés, des spectres en lambeaux;
A-t-il donc évoqué ce vil rebut du monde,
    De la nuit des tombeaux?

Mais vous, soldats français, courez le mettre en poudre !
Cet honneur est à vous , il vous fut réservé ;
De vos mains, à l'instant, faites partir la foudre ,
    Et le monde est sauvé !

Le tyran vous appelle ? effacez votre injure !
Frappez !.... Dieu ! quel perfide a suspendu vos coups ?
Frappez !.... C'en est donc fait ! le traître , du parjure
    Embrasse les genoux.

O Bayard ! ô Crillon ! dans votre noble France ,
Par un vil intérêt l'honneur est infecté ;
Et, pour l'honneur flétri , l'or absout la vaillance
    De l'infidélité.

Partout la trahison ou séduit, ou comprime ;
(D'un magique pouvoir fatal enchantement !)
Au nom qu'elle proclame, il semble que le crime
    Marche à pas de géant.

Mais soudain, à l'aspect de Paris qui l'abhorre,
L'usurpateur frémit.... je le vois s'arrêter....
Du sang qu'il y versa le souvenir encore
    Semble l'épouvanter.

Tyran! ils ont cessé les pleurs qu'au bruit des armes,
Tout un peuple, à l'instant, répandait sur son Roi;
La stupeur les tarit, et l'on n'a plus de larmes
    En approchant de toi.

Sur les pas de Louis, écoute de la France,
Écoute retentir les accens de douleur!
Sur tes pas, malheureux! écoute le silence
    Qu'inspire la terreur.

Il attend que la nuit couvre d'un voile sombre
Le palais où le deuil va régner sous ses lois;
Il frémit du silence et se glisse dans l'ombre
    Au trône de nos Rois.

Les chemins sont déserts, mon oreille inquiète
N'entend plus que les pas du sbire menaçant ;
Il me semble déjà qu'une voix me répète :
    Je veux encore du sang.

Mais de cette cité morne et silencieuse
Quels hurlemens soudain fatiguent les échos ?
De vétérans du crime une foule hideuse
    Proclame son héros.

Bientôt à ces brigands, l'effroi de la patrie,
Insolens protecteurs d'un pouvoir incertain,
De leur secours honteux mendiant l'infamie,
    Il va tendre la main.

Qu'ils courent se mêler à ce sénat avide,
Au pouvoir monstrueux qui se forme à sa voix !
Le parjure y conduit, et jusqu'au régicide
    Va nous dicter des lois.

Là, de la république et de ses saturnales
Les sanglans souvenirs viennent se retracer ;
Le Crime, avec délice, ouvre encor ses annales,
    Pour les recommencer:

Du vaisseau de l'État qui sera le pilote ?
Le lâche l'abandonne au gré des factieux ;
Esclave couronné, le timide despote
    Est tremblant devant eux.

Tandis que, dans les murs de Paris en alarmes,
Le Crime audacieux soutient l'usurpateur,
Vers le Midi fidèle, on crie, on court aux armes,
    On combat pour l'honneur.

De l'honneur un Bourbon y présente l'image;
Puisse la trahison fuir un pays si beau!
Puisse-t-il de Henri déployant le courage,
    Nous sauver son berceau !

Sans reproche et sans peur, je le vois qui s'avance ;
Pour offrir le pardon il brave le trépas.
Soldats, c'est un héros, un Bourbon.... c'est la France
    Qui vers vous tend les bras.

Faut-il que tant d'amour ne puisse vous convaincre ?
Vers ce cœur généreux laissez vous entraîner !.....
Vous le voulez, ingrats ! il est forcé de vaincre,
    Ne pouvant pardonner.

Aux rives de la Drôme il parait dans l'arène ;
C'est là que, déployant le Royal étendard,
Le héros sait unir, au sang-froid de Turenne,
    La valeur de Bayard.

Déjà tout retentit des cris de la Victoire ;
Et, sur le champ d'honneur, ce fils du Béarnais,
Ainsi que lui s'écrie, au milieu de sa gloire :
    Ah ! sauvez les Français !

Et des Français, ô Ciel ! ont trahi son courage,
Sa gloire, leurs sermens, jusques à ses bienfaits !
Que ne puis-je effacer leur crime et leur outrage,
Et les maux qu'ils ont faits !

Mais, dans ces murs lointains, quelle noble Héroïne
Des plus braves guerriers surpasse la valeur ?
C'est le sang du Martyr, la Royale Orpheline,
L'Ange consolateur.

C'est, d'un cœur sans remords, l'innocence intré̜
Présentant un refuge à l'honneur attristé ;
C'est l'Ange de la Paix, plaçant sous son égide
La légitimité.

De sa grande âme, en vain, le superbe courage
Brave des factieux les sinistres complots,
Et la fille des Rois oppose, aux cris de rage,
Le calme d'un héros.

Mais soudain, à sa voix, succède un long silence;
Le crime a sa pudeur : ils repoussent loin d'eux
Cet Ange tutélaire, orgueil de notre France,
   Et détournent les yeux.

Jour de deuil et d'effroi! pleure, Cité fidelle !
L'Ange consolateur a quitté tes remparts ;
Et déjà, dans tes murs, d'une troupe rebelle,
   Flottent les étendards.

O couple glorieux! par des cris de licence
Le noble cri d'honneur sera donc étouffé !
L'Enfer même et le Ciel se disputent la France ,
   L'Enfer a triomphé.

Dans les champs Vendéens, en ce moment funeste,
L'enfant saisit le glaive, et l'ancien des guerriers ,
Au milieu de ses fils, du vieux sang qui lui reste
   Arrose ses lauriers.

C'est là que le Chrétien, à son heure suprême,
Lui qui, pauvre, ignoré, combattit en tout lieu,
Répète, en expirant : *Vive le Roi quand même !*
Et vole vers son Dieu.

O Peuple de héros ! tes exploits magnanimes
Laisseront loin de toi la fière antiquité,
Et ton nom glorieux rachètera nos crimes
Dans la postérité.

Faut-il que, combattant un pouvoir qu'on abhorre,
Ces héros malheureux, mais jamais abattus,
Périssent pour le Roi que nous verrons encore.....
Et qu'ils ne verront plus !

Tremble ! le juste Ciel arme enfin son tonnerre.
Plus de Rois sans aïeux ! le monde est détrompé ;
Et leurs mains vont lancer les foudres de la guerre
Sur ton trône usurpé.

Dans ton œil radieux quelle joie effrayante
Semble te présager un horrible succès !
En souriant, déjà, sur l'arène sanglante
    Tu comptes les Français.

Hélas ! d'un faux honneur la gloire illégitime
Les conduit à la mort pour combattre leur Roi ;
Tu trompes leur courage, et leur gloire est un crime
    Qu'ils commettent pour toi.

Mais, en vain, de ton nom la magie infernale
Inspire à tes soldats des efforts inconnus ;
Le Destin a, pour eux, marqué l'heure fatale :
    Il frappe, ils ne sont plus.

Quand le triste néant de ta gloire éclipsée
Te livre, tout entier, à l'horreur de ton sort,
Pour échapper encore à ta grandeur passée,
    Tu n'as plus que la mort.

Il s'avance…. Est-ce enfin le trépas qu'il affronte,
Et va-t-il expier la mort de ses soldats ?
Son courage est encor réservé pour la honte :
    Il fuit, et ne meurt pas.

De succès enivré, si le sort l'abandonne,
La peur est le seul Dieu qui lui dicte des lois ;
Et, dans son épouvante, il a fui sur le trône
    Pour en tomber deux fois.

Ainsi du conquérant la gloire vagabonde
S'éteint pour l'univers qu'elle avait ébloui ;
Il n'entend que l'écho de sa chute profonde
    Retentir après lui.

Que sert de triompher aux terres étrangères,
Pour guider l'ennemi vers ses propres foyers,
Et voir le fier Sarmate, aux tombeaux de nos pères
    Attacher ses lauriers ?

Paris , avec orgueil racontant son histoire ,
Ne nommait qu'un vainqueur, ce vainqueur fut son Roi ;
Qui souilla , par deux fois , une aussi noble gloire ,
      Réponds, si ce n'est toi ?

Et du sang des Bourbons usurpateur avide ,
Du pur sang de nos Rois quand tu fus inondé ,
Pouvais-tu t'élever plus près du régicide
      Qu'en frappant un Condé ?

Bientôt les factieux , qu'irrite sa défaite ,
Repoussent le bourreau de ses soldats vaincus ;
Et , fidèle à sa foi , quand l'honneur le rejette ,
      Le crime n'en veut plus.

D'une fausse grandeur cet horrible fantôme
Sur l'onde qui gémit s'enfuit épouvanté ;
Le géant abattu n'offre plus qu'un atôme
      Par les vents emporté.

Lui qui se crut, jadis, le maître de la terre,
Sur le théâtre étroit qui l'enferme aujourd'hui,
Cherche ce Roi du monde, et frémit de colère
En ne trouvant que lui.

Ah ! d'un tyran déchu quelle est l'affreuse image !
Son regard immobile et sa pâle fureur
Révèlent les tourmens de l'impuissante rage
Qui brûle dans son cœur.

Courbe ce front livide où brilla tant d'audace !
Écoute ton arrêt, et vis désespéré :
« Sur un rocher lointain, et perdu dans l'espace,
» Tu mourras ignoré..... »

Dans ce muet exil, lorsque tout l'abandonne,
Il croit le monde encor soumis à son orgueil ;
Mais l'Ange de la mort, au lieu d'une couronne,
Lui montre son cercueil.

Il ne rêve que sang dans son affreux délire.

Meurs ! lui dit Azaël. En proie à ses fureurs,

Le monstre frémissant réclame son empire ;

L'Ange répète : Meurs !